月清

幽韵雅集·古诗词选

# 月明欲素愁不眠

李路 编著

陕西新华出版传媒集团
太白文艺出版社

图书在版编目（CIP）数据

月清 ： 月明欲素愁不眠 / 李路编著. -- 西安 ： 太白文艺出版社， 2020.9
（幽韵雅集·古诗词选 / 李路主编）
ISBN 978-7-5513-1844-0

Ⅰ. ①月… Ⅱ. ①李… Ⅲ. ①古典诗歌—诗集—中国 Ⅳ. ① I222

中国版本图书馆 CIP 数据核字（2020）第 117620 号

# 月清：月明欲素愁不眠
YUEQING:YUEMING YU SU CHOU BUMIAN

主　　编　李　路
作　　者　李　路
责任编辑　李明婕　惠安琪
装帧设计　钟文娟　刘昌凤
出版发行　陕西新华出版传媒集团
　　　　　太白文艺出版社
经　　销　新华书店
印　　刷　河北环京美印刷有限公司
开　　本　787mm × 1092mm　1/32
字　　数　76 千字
印　　张　6.5
版　　次　2020 年 9 月第 1 版
印　　次　2020 年 9 月第 1 次印刷
书　　号　ISBN 978-7-5513-1844-0
定　　价　49.80 元


联系电话：029-81206800
出版社地址：西安市曲江新区登高路 1388 号（邮编：710061）
营销中心电话：029-87277748　029-87217872

# 总序

## 行幽韵之事，博雅趣之长

李路

有书云：香令人幽，酒令人远，茶令人爽，琴令人寂，棋令人闲，剑令人侠，杖令人轻，麈令人雅，月令人清，竹令人冷，花令人韵，石令人隽，雪令人旷，僧令人淡，蒲团令人野，美人令人怜，山水令人奇，书史令人博，金石鼎彝令人古。

说尽世间之『韵』事也。

古典诗词蕴含着中华民族千年文化的基因，从中国诗歌的滥觞《诗经》开始，绵延不绝，形成了楚辞、唐诗、宋词、元曲等一座座高峰。这些跨越千年的文字，如那亘古沉静的璀璨星辰，点亮中华文明的发展历程，使之流光溢彩、熠熠生辉。

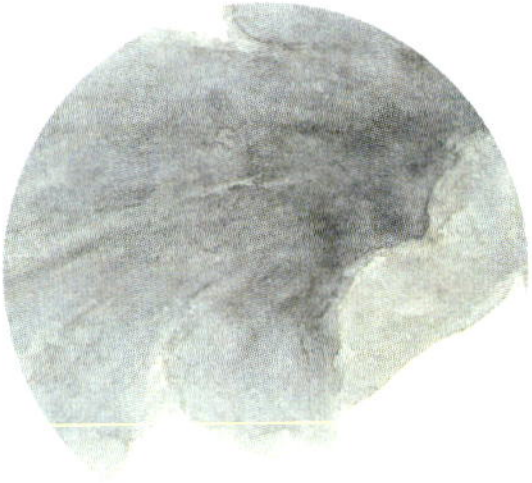

曾几何时，我们跟随苏子瞻共吟『莫听穿林打叶声，何妨吟啸且徐行。竹杖芒鞋轻胜马，谁怕？一蓑烟雨任平生』，千古洒脱、百世豁达；跟随李太白同问『青天有月来几时，我今停杯一问之』，豪放俊迈、浪漫飘逸；跟随王摩诘共奏『独坐幽篁里，弹琴复长啸』，诗卷漫天，物我两忘；跟随李易安同叹『醉里插花花莫笑，可怜春似人将老』，真挚庄雅，婉丽哀伤；跟随纳兰容若共愁『西风多少恨，吹不散眉弯』，哀感顽艳，格高韵远……这些熟悉的文字，勾勒出一圈圈唯美的时光年轮，伴随我们安静地与岁月对话。

古人善雅事，『纸帐梅花，休惊他三春清梦；笔床茶灶，可了我半日浮生』『灯下玩花，帘内看月，雨后观景，醉里题诗，梦中闻书声，皆有别趣』。

据此，择香、酒、茶、琴、棋、剑、杖、麈、月、竹、花、石、雪、僧、美人、山水、书史、金石相应清诗雅词，辑为小集，名『幽韵雅集』，行幽韵之事，博雅趣之长。

让我们在这些文字中赏松阴花影的静谧，山月美人的清魂，拨弦烹茶的惬意，采菱秋水的灵动。听琴声悠扬，行笔墨流转，品人间雅趣。

三千年来的古诗词，浩如烟海，编者在辑选过程中，以意境美、文字美、韵律美为择选的标准。在鉴赏时，不求全析，只求共鸣，用感发人心的淡美文字对其解析。

本辑精选齐白石、吴湖帆、溥儒、石涛、傅抱石、黄宾虹、于非闇、陈少梅、张石园、吴昌硕等大师的绘画作品，文、图、鉴意境融合，辉映共生。

同时，编者严选底本，精心校注，展现经典本来的面貌。

在编排过程中，本辑提取诗词名字的首字部首，

并依据《汉字部首表》，按照笔画数由少到多的次序进行排序。但因编排体例的限制，笔画数相同的以及起笔笔形相同的，不再遵循横（一）、竖（丨）、撇（丿）、点（丶）、折（乛）的顺序排列，而按照各诗词不同意境依次排序。

因能力有限，在成书过程中，未免有鲁鱼亥豕之讹，敬请各位读者不吝指正。

二〇二〇年五月

# 自序

在中国传统文化中，『月』是一个出现频率极高的审美意象，具有丰富的象征意义。它给身处黑暗者以光明，给失意者以力量，给相思者以温柔，给独处者以温暖，让天涯倦客、漂泊游子有一个可以倾诉的对象。它静谧清幽，又神秘缥缈；冷若冰霜，又温柔可人。在时空大背景下，从横向观明明千变万化，从纵向览却又亘古恒一。所以，古时的文人骚客特别喜欢用月亮来寄托情感。与圆月相呼应的团圆和睦、圆满包容的文化烙印和精神生活更是一直延续下来。

在思念好友时，李太白吟诵『我寄愁心与明月，随风直到夜郎西』；在探索宇宙和人生哲理时，张若虚感叹『江畔何人初见月？江月何年初照人？人生代代无穷已，江月年年只相似』；在诉说心事时，温庭筠呢喃『山月不知心里事，水风空落眼前花』；在感

怀身世时，李后主悲唱『无言独上西楼，月如钩。寂寞梧桐深院锁清秋』；在怀念家人时，白居易慨叹『共看明月应垂泪，一夜乡心五处同』……月亮的象征意义远不止这些，博大精深又源远流长。

在中国诗词中，描写月亮或者借月抒怀的诗词曲赋盈千累万，不可枚举，而本书所选诗词不过太仓一粟，寥若晨星，仅为一得之见。诸如《静夜思》《水调歌头·明月几时有》《虞美人·春花秋月何时了》等著名诗词因为过于耳熟能详而未收录入册。同时，在编著过程中，因编著者能力有限，恐有三差五错、纤介之失，敬请各位读者和专家不吝指正。

二〇二〇年五月

# 目录

·一笔画·

一○



丨○

## ·二笔画·



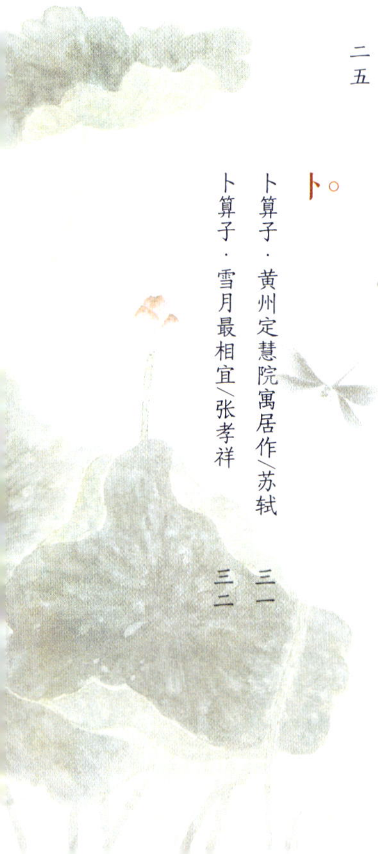

## ·三笔画·

### 扌



### 艹



### 小



### 口



### 彳

·四笔画·

·五笔画·

## 月清

月明欲素愁不眠

# 月清

# 月令人清

## 一剪梅·中秋无月

【宋】辛弃疾

忆对中秋丹桂丛。花在杯中，月在杯中。
今宵楼上一樽同。云湿纱窗，雨湿纱窗。
浑欲乘风问化工。路也难通，信也难通。
满堂惟有烛花红。杯且从容，歌且从容。

◎辛弃疾，原字坦夫，后改字幼安，中年后别号稼轩居士。南宋词人。

◎花间一壶酒，饮下的是人间理想；把酒问青天，问不到的是人间归处。为何？因何？如何？天公不语，报国无门的惆怅便落在了杯底。

## ◎一剪梅·红藕香残玉簟秋

〔宋〕李清照

红藕香残玉簟秋，轻解罗裳，独上兰舟。

云中谁寄锦书来？雁字回时，月满西楼。

花自飘零水自流，一种相思，两处闲愁。

此情无计可消除，才下眉头，却上心头。

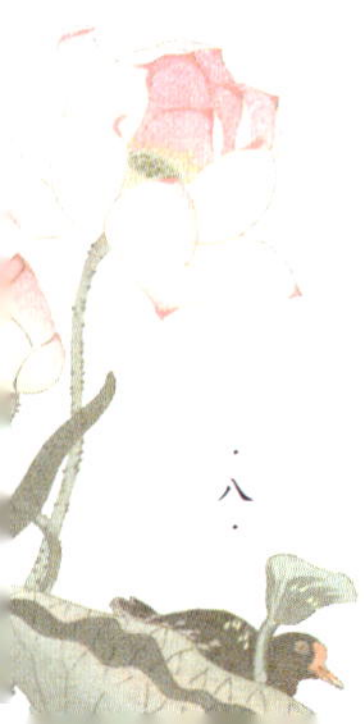

◎李清照，号易安居士。宋代女词人，婉约词派代表。

◎那一年，云流山脊，山水青，我们折花夜游，笑声落满小径。而今我独自泛舟，山也寂寞，水也伶仃，孤鸿载不动我相思的泪珠。满腔愁思，化风，化雨，跌落人间。

## ◎三五七言

【唐】李白

秋风清，秋月明。

落叶聚还散，寒鸦栖复惊。

相思相见知何日？此时此夜难为情。

◎李白，字太白，号青莲居士，唐代浪漫主义诗人。

◎秋风吹落几朵残花，恍恍惚惚，草木人间皆是你的容颜。只是，何时才能与你相见？

## ◎三台令·明月

［五代］冯延巳

明月，明月，照得离人愁绝。
更深影入空床，不道帏屏夜长。
长夜，长夜，梦到庭花阴下。

◎冯延巳，又作延己、延嗣，字正中，五代十国时期南唐著名词人、大臣。

◎皓月清凉，照得离人愁。孤影空床，长夜入梦到庭中。

## ◎天仙子·《水调》数声持酒听

〔宋〕张先

时为嘉禾小倅，以病眠不赴府会。

《水调》数声持酒听，午醉醒来愁未醒。送春春去几时回。

临晚镜，伤流景，往事后期空记省。

沙上并禽池上暝，云破月来花弄影。

重重帘幕密遮灯。风不定，人初静，明日落红应满径。

◎张先，字子野，北宋时期词人。善作慢词，与柳永齐名，造语工巧，曾因三处善用“影”字，世称“张三影”。

◎夜色、月色、花色，好情好景，却无关风月。风吹花落人易老，岁岁年年，纷纷扰扰。

## ◎临江仙·樱桃落尽春归去

【五代】李煜

樱桃落尽春归去，蝶翻金粉双飞。
子规啼月小楼西。
画帘珠箔，惆怅卷金泥。
门巷寂寥人去后，望残烟草低迷。
炉香闲袅凤凰儿。
空持罗带，回首恨依依。

◎李煜，初名从嘉，字重光，号钟隐、莲峰居士，五代十国时期南唐最后一位国君。

◎无可奈何春归去，夜半难眠。恍惚间仿佛看到故城巍巍，旌旗猎猎，细看却是虚无。暮色中，空回首。

## 临江仙·寒柳

[清] 纳兰性德

飞絮飞花何处是，层冰积雪摧残。

疏疏一树五更寒。

爱他明月好，憔悴也相关。

最是繁丝摇落后，转教人忆春山。

湔(jiān)裙梦断续应难。

西风多少恨，吹不散眉弯。

◎纳兰性德，字容若，号楞伽山人，清代词人。

◎楼外青山无数，隔不断新愁。夜深亡妻入梦，醒后踪迹难寻，唯有泪湿巾。半榻孤寂，满室寒凉。

## ◎临江仙·梦后楼台高锁

【宋】晏几道

梦后楼台高锁，酒醒帘幕低垂。
去年春恨却来时。
落花人独立，微雨燕双飞。
记得小蘋初见，两重心字罗衣。
琵琶弦上说相思。
当时明月在，曾照彩云归。

◎晏几道，字叔原，号小山，北宋词人。工于言情，其小令语言清丽，感情深挚，尤负盛名。

◎我见过春阳夏风，秋叶冬雪，杏雨梨云，秋水暮霭，都不及你的桃红罗裙，翻飞明艳。人间最美，不过与你情意缱绻。而今，我的世界再无你。

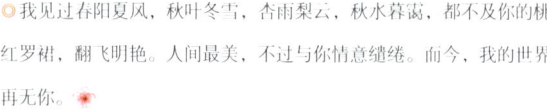

## ◎中秋月

【宋】晏殊

一轮霜影转庭梧，
此夕羁人独向隅。
未必素娥无怅恨，
玉蟾清冷桂花孤。

◎晏殊，字同叔。北宋政治家、文学家。以词著于文坛，尤擅小令，风格含蓄婉丽。

◎月宫中的嫦娥会后悔偷取那长生不老的灵药吗？我想她也是惆怅的，她在月宫里一个人冷冷清清。

## 中秋月·中秋月

【明】徐有贞

中秋月。月到中秋偏皎洁。偏皎洁。
知他多少，阴晴圆缺。
阴晴圆缺都休说。且喜人间好时节。
好时节，愿得年年，常见中秋月。

◎徐有贞，初名珵，字元玉，又字元武，晚号天全翁。明代中期大臣、内阁首辅。

◎天上月圆，人间团圆。月的阴晴圆缺不妨碍人间好时节的轮换，举一杯清酒，敬明天，敬过往，敬故乡，敬远方。

# ◎中秋

【唐】司空图

闲吟秋景外，
万事觉悠悠。
此夜若无月，
一年虚过秋。

◎司空图，字表圣，自号知非子，又号耐辱居士。晚唐诗人、诗论家。

◎夜：一作“际”。虚：一作“空”。

◎往事悠悠，人间沧桑。万世浮沉，唯有明月，年年如常。人心易变，分外惆怅。

## ◎千秋岁·数声鹈鴂

【宋】张先

数声鹈（tí）鴂（jué），又报芳菲歇。惜春更把残红折。

雨轻风色暴，梅子青时节。永丰柳，无人尽日花飞雪。

莫把幺弦拨，怨极弦能说。天不老，情难绝。

心似双丝网，中有千千结。夜过也，东窗未白凝残月。

◎凝残月：一作“孤灯灭”。

◎相思无尽，春光瘦，落红满地留残香。琵琶幽怨难成曲调，此情不变，此心不改，天荒地老，暮暮复朝朝。

## ◎永遇乐·长忆别时

【宋】苏轼

孙巨源以八月十五日离海州，坐别于景疏楼上。既而与余会于润州，至楚州乃别。余以十一月十五日至海州，与太守会于景疏楼上，作此词以寄巨源。

长忆别时，景疏楼上，明月如水。
美酒清歌，留连不住，月随人千里。
别来三度，孤光又满，冷落共谁同醉？
卷珠帘，凄然顾影，共伊到明无寐。

今朝有客，来从濉上，能道使君深意。
凭仗清淮，分明到海，中有相思泪。
而今何在？西垣清禁，夜永露华侵被。
此时看，回廊晓月，也应暗记。

◎苏轼，字子瞻、和仲，号铁冠道人、东坡居士，北宋文学家、书法家、画家，北宋中期文坛领袖，在诗、词、散文、书、画等方面都取得很高成就。

◎一别三月，甚为想念。江山错落，万里江河，白首盼同归。

## ◎永遇乐·明月如霜

【宋】苏轼

彭城夜宿燕子楼，梦盼盼，因作此词。

明月如霜，好风如水，清景无限。
曲港跳鱼，圆荷泻露，寂寞无人见。
紞如三鼓，铿然一叶，黯黯云惊断。
夜茫茫，重寻无处，觉来小园行遍。

天涯倦客，山中归路，望断故园心眼。
燕子楼空，佳人何在？空锁楼中燕。
古今如梦，何曾梦觉，但有旧欢新怨。
异时对、黄楼夜景，为余浩叹。

◎小园惊梦，梦里悲欢无处寻觅，只留寂寞回荡。天涯漂泊，随波逐流；古今万事，转瞬蹉跎。漂泊天涯的游子，落得苍颜华发，只剩一声长叹。

# ◎十五夜望月寄杜郎中

［唐］王建

中庭地白树栖鸦，
冷露无声湿桂花。
今夜月明人尽望，
不知秋思在谁家。

◎王建，字仲初，唐代诗人。出身寒微，一生潦倒。

◎《十五夜望月寄杜郎中》：一作《十五夜望月》。

◎月光满地如霜雪，寒露无声湿桂花。今夜月圆人团圆，我却孤身一人。月儿啊，你可否将我的思念带给我念念不忘的那个人呢？

## ◎古朗月行

[唐] 李白

小时不识月，呼作白玉盘。
又疑瑶台镜，飞在青云端。
仙人垂两足，桂树何团团。
白兔捣药成，问言与谁餐？

蟾蜍蚀圆影，大明夜已残。
羿昔落九乌，天人清且安。
阴精此沦惑，去去不足观。
忧来其如何？凄怆摧心肝。

◎黑暗会慢慢吞噬光明吗？我不敢想象。还会有背弓挎箭的英雄来拯救天下吗？也许会有吧。

## ◎上行杯·落梅着雨消残粉

[五代] 冯延巳

落梅着雨消残粉，云重烟轻寒食近。
罗幕遮香，柳外秋千出画墙。
春山颠倒钗横凤，飞絮入◎帘春睡重。
梦里佳期，只许庭花与月知。

◎帘：一作“檐”。

◎杨柳依依，梅落雨湿春衫。黛眉如远山，面若桃花。飞絮入帘扰春梦，梦里佳期会。

# ◎卜算子·黄州定慧院寓居作

〔宋〕苏轼

缺月挂疏桐，漏断人初静。
谁见幽人独往来？缥缈孤鸿影。
惊起却回头，有恨无人省。
拣尽寒枝不肯栖，寂寞沙洲冷。

◎月挂树梢，夜深人静，命运的暗影深深地笼罩着我，终是为了心中那一方执念，让两鬓染上了白霜。虽怨，却无悔。

## ◎卜算子·雪月最相宜

［宋］张孝祥

雪月最相宜，梅雪都清绝。
去岁江南见雪时，月底梅花发。
今岁早梅开，依旧年时月。
冷艳孤光照眼明，只欠些儿雪。

◎张孝祥，字安国，号于湖居士，宋代词人。善诗文，尤工于词，其风格宏伟豪放，为“豪放派”代表作家之一。

◎一树寒梅枝头待开，飞雪回旋轻落。年年岁岁，岁岁年年，月是当年月，人非往昔人。

# ◎代赠二首·其一

【唐】李商隐

楼上黄昏欲望休，
玉梯横绝月如钩。
芭蕉不展丁香结，
同向春风各自愁。

◎李商隐，字义山，号玉溪生。晚唐著名诗人。

◎登楼远眺，望眼欲穿不见君，日日夜夜泪两行。

# ◎八六子·倚危亭

【宋】秦观

倚危亭，恨如芳草，萋萋刬chǎn尽还生。
念柳外青骢cōng别后，水边红袂分时，怆然暗惊。
无端天与娉婷，夜月一帘幽梦，春风十里柔情。
怎奈向、欢娱渐随流水，素弦声断，翠绡香减，
那堪片片飞花弄晚，濛濛残雨笼晴。
正销凝，黄鹂又啼数声。

◎秦观，字太虚，又字少游，别号邗沟居士，世称淮海先生。北宋婉约派词人，工诗词，风格委婉含蓄，清丽雅谈。

◎江南烟雨多，尽头处，檀木伞，你素衣罗裙，我一眼万年。奈何，飞花落，冷月残，人生最苦是离别。

## ◎众星罗列夜明深

［唐］寒山

众星罗列夜明深，
岩点孤灯月未沉。
圆满光华不磨莹，
挂在青天是我心。

◎寒山，亦名寒山子。字、号均不详，唐代诗僧。工于诗，其诗语言朴素浅近，通俗如话。

◎清风晓月，风过疏林，犹似我心。初心易得，始终难守，我心泰然，日月可鉴。

## ◎念奴娇·过洞庭

【宋】张孝祥

洞庭青草，近中秋，更无一点风色。

玉鉴琼田三万顷，着我扁舟一叶。

素月分辉，明河共影，表里俱澄澈。

悠然心会，妙处难与君说。

应念岭表经年，孤光自照，肝胆皆冰雪。
短鬓萧疏襟袖冷，稳泛沧溟空阔。
尽挹西江，细斟北斗，万象为宾客。
扣舷独啸，不知今夕何夕。

◎玉鉴：一作“玉界”。岭表：一作“岭海”。肝胆：一作“肝肺”。萧疏：一作“萧骚”。沧溟：一作“沧浪”。

◎明月长空，洞庭湖上，我把我心寄明月。人生宠辱荣枯不论，保持一颗明亮澄澈的心，管他俗世纷扰，与天地宇宙一起放歌长啸。

## ◎夜坐吟

[唐] 李白

冬夜夜寒觉夜长，沉吟久坐坐北堂。
冰合井泉月入闺，◎金缸◎青凝照悲啼。
金缸灭，啼转多，掩妾泪，听君歌。
歌有声，妾有情，情声合，两无违。
一语不入意，从君万曲梁尘飞。

◎金缸：一作“青缸”。青凝：一作“凝明”。

◎我所追求的爱情，是真挚的，纯洁的，是四下无他目中唯我的。

# ◎减字木兰花·新月

[清] 纳兰性德

晚妆欲罢，更把纤眉临镜画。
准待分明，和雨和烟两不胜。
莫教星替，守取团圆终必遂。
此夜红楼，天上人间一样愁。

◎看镜中美人挽起她如瀑青丝，我轻握住她葱白玉指，耳闻得朱唇语笑，轻笑间小扇扑面。风穿轩窗帘微动，乍醒哀情殇，恍惚间以为你在身边，原来只是惊鸿一梦。

# ◎减字木兰花·春月

【宋】苏轼

二月十五日夜与赵德麟小酌聚星堂。

春庭月午，摇荡香醪láo光欲舞。
步转回廊，半落梅花婉娩香。
轻烟薄雾，总是少年行乐处。
不是秋光，只与离人照断肠。

◎明月悬空，皎皎明明。花影暗香，叠叠散散。我欲起舞，老夫少年。感慨至极，转身嬉笑。舞蹈至极，转身唏嘘。

## ◎凉州馆中与诸判官夜集

【唐】岑参

弯弯月出挂城头，城头月出照凉州。
凉州七里十万家，胡人半解弹琵琶。
琵琶一曲肠堪断，风萧萧兮夜漫漫。
河西幕中多故人，故人别来三五春。
花门楼前见秋草，岂能贫贱相看老。
一生大笑能几回，斗酒相逢须醉倒。

◎岑参，唐代诗人。工诗，长于七言歌行，边塞诗尤多佳作。

◎弯月高挂，知己几人，痛饮金波。说剑谈兵，山河辽阔，人生几多豪迈！

## ◎关山月

〔唐〕李白

明月出天山，苍茫云海间。
长风几万里，吹度玉门关。
汉下白登道，胡窥青海湾。
由来征战地，不见有人还。
戍客望边邑，思归多苦颜。
高楼当此夜，叹息未应闲。

◎年年月，岁岁日，同一轮月亮照耀在这片关隘上，缄默无言。日日思，夜夜念，离去的背影，破碎的旌旗，望穿的秋水，干涸的双眼。

# ◎兰溪棹(zhào)歌

〔唐〕戴叔伦

凉月如眉挂柳湾，
越中山色镜中看。
兰溪三日桃花雨，
半夜鲤鱼来上滩。

◎戴叔伦，字幼公（一作次公），唐代诗人。其诗多表现隐逸生活和闲适情调，也有反映人民生活艰苦的诗作。

◎棹歌：船家摇橹时唱的歌。

◎朗星伴月，光泻清溪，细绦弄影，花落流水，笋鲜鱼肥，正是人间好时节。

# ◎诉衷情·夜来沉醉卸妆迟

【宋】李清照

夜来沉醉卸妆迟，梅萼插残枝。

酒醒熏破春睡，梦远不成归。

人悄悄，月依依，翠帘垂。

更挼残蕊，更捻余香，更得些时。

◎万里江河入梦，醒来仍是孤单一人。孤枕难眠，满室唯有暗香浮动。

## ◎阳关曲·中秋月

【宋】苏轼

中秋作。本名《小秦王》，入腔即《阳关》。

暮云收尽溢清寒。
银汉无声转玉盘。
此生此夜不长好，
明月明年何处看？

◎注：此首别见于《苏轼诗集》，题作《中秋月》。

◎对酒当歌，人生几何。今年我与你共饮，明年花开时，又有谁轻嗅花香呢？沧海尚且可变桑田，更何况这区区几十年的人生。彼此珍重吧！再见不知又是何年。

## ◎观灯乐行

[唐] 李商隐

月色灯山满帝都，
香车宝盖隘通衢。
身闲不睹中兴盛，
羞逐乡人赛紫姑。

◎ 月海灯山，却照不亮我通往长街的路。月光下，我的身影在墟落穷巷间疲惫地游移。这一生，一直想要得偿所愿，却总如飞蛾扑火，望而不得。

## ◎把酒问月

【唐】李白

故人贾淳令予问之。

青天有月来几时？我今停杯一问之。

人攀明月不可得，月行却与人相随。

皎如飞镜临丹阙，绿烟灭尽清辉发。

但见宵从海上来，宁知晓向云间没？

白兔捣药秋复春，嫦娥孤栖与谁邻？
今人不见古时月，今月曾经照古人。
古人今人若流水，共看明月皆如此。
唯愿当歌对酒时，月光长照金樽里。

◎今朝有酒今朝醉，不妨对月纵歌。千秋岁月，年年岁岁人相似，岁岁年年人不同。古往今来，追名逐利最落寞，金樽清酒难入喉。

## ◎捣练子令·深院静

【五代】李煜

深院静，小庭空，
断续寒砧断续风。
无奈夜长人不寐，
数声和月到帘栊。

◎寒风起，吹动薄衣衫。伶仃人望月，只是当时已惘然。

## ◎摊破浣溪沙·病起萧萧两鬓华

【宋】李清照

病起萧萧两鬓华，卧看残月上窗纱。

豆蔻连梢煎熟水，莫分茶。

枕上诗书闲处好，门前风景雨来佳。

终日向人多酝藉，木犀花。

◎人生如行路，山一程，水一程，匆匆而过，错过许多风景。老病之势汹汹，停下脚步，终日看花以消遣。人看花，花看人，不知是人恋着花香，还是花慰了人心。

## ◎落梅风·人初静

【元】马致远

人初静，月正明。
纱窗外玉梅斜映。
梅花笑人偏弄影，
月沉时一般孤零。

◎马致远，字千里，号东篱。元代戏曲家，与关汉卿、郑光祖、白朴并称“元曲四大家”。

◎月照玉梅映轩窗，惹人怜。两行相思泪，伴我至天明。

## ◎暮江吟

[唐] 白居易

一道残阳铺水中，
半江瑟瑟半江红。
可怜九月初三夜，
露似真珠月似弓。

◎白居易，字乐天，号香山居士，又号醉吟先生。唐代现实主义诗人。

◎我独立江边许久，夕阳映红了江水。新月生，寒露降，倥偬半生，竟然直到此刻才知这夜露与新月的可爱。

## ◎菩萨蛮·山亭水榭秋方半

〔宋〕朱淑真

山亭水榭秋方半，凤帏寂寞无人伴。
愁闷一番新，双蛾只旧颦。
起来临绣户，时有疏萤度。
多谢月相怜，今宵不忍圆。

◎朱淑真，一作朱淑贞。号幽栖居士，宋代女诗人，亦为唐宋以来留存作品最丰盛的女作家之一。

◎旧愁未去，又添新愁，长夜无眠，相思无依，愁肠诉于谁人听？

## ◎菩萨蛮·满宫明月梨花白

【唐】温庭筠

满宫明月梨花白，故人万里关山隔。
金雁一双飞，泪痕沾绣衣。
小园芳草绿，家住越溪曲。
杨柳色依依，燕归君不归。

◎温庭筠，原名岐，字飞卿。唐代诗人、词人。精通音律，诗词兼工，被尊为“花间派”鼻祖，对词的发展产生很大的影响。

◎庭中月，月下花，花中人，人望月。天上月是眼中月，眼前人不是心上人。天上月照着心上人，心上人望不见月下花。

## ◎菩萨蛮·蕊黄无限当山额

〔唐〕温庭筠

蕊黄无限当山额，宿妆隐笑纱窗隔。

相见牡丹时，暂来还别离。

翠钗金作股，钗上蝶双舞。

心事竟谁知？月明花满枝。

◎是明媚春山上的蝶，还是离人眼眸中的泪，在花影中时隐时现，摇旌着我的心。一花一树、一颦一笑、一起一落牵动谁的心？莫问我，我不知。

## ◎小重山·昨夜寒蛩不住鸣

［宋］岳飞

昨夜寒蛩qióng不住鸣。惊回千里梦，已三更。

起来独自绕阶行。人悄悄，帘外月胧明。

白首为功名。旧山松竹老，阻归程。

欲将心事付瑶琴。知音少，弦断有谁听？

◎岳飞，字鹏举，南宋著名的军事家、战略家。

◎明月光，照关河荒凉。我凝望着远方，看见的是飘摇的山河、残破的家国。昔有壮志还未酬，如今青山亦白首。满腹心事谁人知？一腔沸血往何流？

## ◎小重山·春到长门春草青

〔宋〕李清照

春到长门春草青，红梅些子破，未开匀。

碧云笼碾玉成尘，留晓梦，惊破一瓯春。

花影压重门，疏帘铺淡月，好黄昏。

二年三度负东君，归来也，著意过今春。

◎春草青青，梅花点点，春已悄悄到来。春茶、春花、春水、春月，春天的一切都是美的。我已两年三度错过春天，今年我定不辜负这美好的春光。

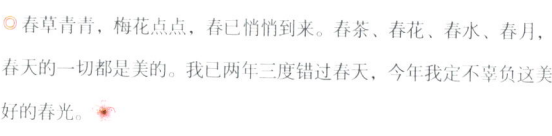

## ◎少年游·润州作，代人寄远

【宋】苏轼

去年相送，余杭门外，飞雪似杨花。
今年春尽，杨花似雪，犹不见还家。
对酒卷帘邀明月，风露透窗纱。
恰似姮娥怜双燕，分明照，画梁斜。

◎庭院深深，锁着念你的春夏秋冬；明月朗照，照不尽盼你归来的朝朝暮暮。

# 国风·陈风·月出

《诗经》

月出皎兮，佼(jiǎo)人僚兮。舒窈纠兮。劳心悄(qiǎo)兮。

月出皓兮，佼人懰兮。舒忧受兮。劳心慅(cǎo)兮。

月出照兮，佼人燎(liǎo)兮。舒夭绍兮。劳心惨(cǎo)兮。

◎《诗经》，中国古代诗歌开端，最早的一部诗歌总集，在内容上分为《风》《雅》《颂》三个部分。

◎佼：美好。僚：娇美的样子。窈纠：形容女子轻盈柔美的姿态，与下两章中的"忧受""夭绍"义同。悄：忧愁的样子。懰：美好的样子。慅：忧愁。燎：娇美的样子。惨：忧愁，悲惨。

◎月色清幽，我寂寞如常。月下思你，惝恍迷离。夜风乍起，似是你来。

## ◎御街行·秋日怀旧

【宋】范仲淹

纷纷坠叶飘香砌。夜寂静，寒声碎。

真珠帘卷玉楼空，天淡银河垂地。

年年今夜，月华如练，长是人千里。

愁肠已断无由醉。酒未到，先成泪。

残灯明灭枕头欹，谙尽孤眠滋味。

都来此事，眉间心上，无计相回避。

◎范仲淹，字希文，谥号“文正”，世称范文正公。北宋初年政治家、文学家。

◎小轩窗，月如霜。窗外明月如昼，窗内昏灯幽幽。窗外叶落鸟惊，窗内人孤眉锁，泪两行。千里之外，何人等我？心向何方？

## ◎梦江南·千万恨

【唐】温庭筠

千万恨，恨极在天涯。
山月不知心里事，
水风空落眼前花。
摇曳碧云斜。

◎暮色四合，山间的明月不知道我的心事。妆台上的铜镜，倒映着谁的容颜？恨！恨！恨！最是人间留不住，朱颜辞镜花辞树。

## ◎闻王昌龄左迁龙标遥有此寄

【唐】李白

杨花落尽子规啼，
闻道龙标过五溪。
我寄愁心与明月，
随风直到夜郎西。

◎杨花落尽：一作“扬州花落”。随风：一作“随君”。

◎听闻你要动身去远方，此一去，不知何时再能相见。罢了，容我的思念散在人间，伴你同行吧。

## ◎湘春夜月·近清明

【宋】黄孝迈

近清明，翠禽枝上消魂。
可惜一片清歌，都付与黄昏。
欲共柳花低诉，怕柳花轻薄，不解伤春。
念楚乡旅宿，柔情别绪，谁与温存？

空尊夜泣，青山不语，残照当门。
翠玉楼前，惟是有、一陂湘水，摇荡湘云。
天长梦短，问甚时、重见桃根？
者次第、算人间没个并刀，剪断心上愁痕。

◎黄孝迈，字德夫，号雪舟，南宋诗人。

◎湘水多情，应知我心寂寞。风吟着思念，你的名字随风流散，流入暮色，散入云烟。

## ◎浣溪沙·闺情

【宋】李清照

绣面芙蓉一笑开，斜飞宝鸭衬香腮。
眼波才动被人猜。
一面风情深有韵，半笺娇恨寄幽怀。
月移花影约重来。

◎铺陈纸笔，一字一句、一笔一墨地临摹想你。露浓花瘦，一叶一瓣、一根一茎皆含香念你。檐下铃动，惊抬双眸，真怕你看见我的羞容。

## ◎浣溪沙·髻子伤春慵更梳

【宋】李清照

髻子伤春慵◎更梳，晚风庭院落梅初。
淡云来往月疏疏。
玉鸭熏炉闲瑞脑，朱樱斗帐掩流苏。
通犀还解辟寒无？

◎慵：一作“懒”，一作“恼”。

◎月透窗棂，照着谁的剪影？如云鬓发，淡淡铅华，一弯蛾眉为谁画？此刻朱颜为谁变换为谁寂？

# ◎江南好·天共水

【宋】赵师侠

天共水，水远与天连。
天净水平寒月漾，水光月色两相兼。
月映水中天。
人与景，人景古难全。
景若佳时心自快，心还乐处景应妍。
休与俗人言。

◎赵师侠，一名师使，字介之，号坦庵，宋代人。

◎月是天上月，也是水中月，天、水、月浑融无间。景好心情亦好，乐知天命，怡情自然。这种事，旁人或许不懂吧

◎海棠

［宋］苏轼

东风袅袅泛崇光，
香雾空蒙月转廊。
只恐夜深花睡去，
故烧高烛照红妆。

◎是月光妩媚了海棠，还是海棠惊艳了月光？哪想月光竟转廊，空惆怅。

## 江楼月

【唐】白居易

嘉陵江曲曲江池，明月虽同人别离。

一宵光景潜相忆，两地阴晴远不知。

谁料江边怀我夜，正当池畔望君时。

今朝共语方同悔，不解多情先寄诗。

◎这是白居易给元稹的一首赠答诗。元稹曾作七律《江楼月》寄白居易，表达深切的思念之情。后来，白居易作《酬和元九东川路诗十二首》，这首七律《江楼月》是其中第五首。

◎山河万里，同一轮明月相照，却与你相隔两端。我将相思融进诗里，蘸墨挥毫写不尽情谊。

## ◎宣州谢朓楼饯别校书叔云

〔唐〕李白

弃我去者，昨日之日不可留。

乱我心者，今日之日多烦忧。

长风万里送秋雁，对此可以酣高楼。

蓬莱文章建安骨，中间小谢又清发。

俱怀逸兴壮思飞，欲上青天览明月◎。
抽刀断水水更流，举杯消愁愁更愁。
人生在世不称意，明朝散发弄扁(piān)◎舟。

◎明月：一作“日月”。

◎人间世事不如意，我问青天你可知？青天大笑我不知。人生既然不如意，大笑去也，无拘无束，归隐江湖。

## ◎寄扬州韩绰判官

〔唐〕杜牧

青山隐隐水迢迢，
秋尽江南草未凋。
二十四桥明月夜，
玉人何处教吹箫？

◎杜牧，字牧之，号樊川居士，唐代诗人、散文家。因晚年居长安南樊川别墅，故后世称“杜樊川”。

◎那一年，笙歌婉转，薄纱罗裙曾从谁的指间滑落？那一年，细柳轻摇，江南春水荡漾了谁的心湖？在这秋夜里，你可曾想起过我？

## ◎寄李儋元锡

〔唐〕韦应物

去年花里逢君别，今日花开又一年。
世事茫茫难自料，春愁黯黯独成眠。
身多疾病思田里，邑有流亡愧俸钱。
闻道欲来相问讯，西楼望月几回圆。

◎韦应物，字义博，唐代山水田园派诗人。

◎又一年：一作“已一年”。黯黯：一作“忽忽”。

◎花开花落又一年，世事茫茫难预料。如今我多病欲归田，又不忍生民苦，忧思感慨，欲与君诉说。

## ◎寓意

[宋]晏殊

油壁香车不再逢，峡云无迹任西东。
梨花院落溶溶月，柳絮池塘淡淡风。
几日寂寥伤酒后，一番萧索禁烟中。
鱼书欲寄何由达，水远山长处处同。

◎《寓意》：一作《无题》。

◎那一树梨花，曾经印上了你的浅笑，如今雨打，纷落；那一溪垂柳，曾经温柔了你的琴响，如今风过，飘散。刻骨的相思里，我落寞地转身，山长水阔，醉梦一场。

## ◎寒夜

【宋】杜耒 lěi

寒夜客来茶当酒，
竹炉汤沸火初红。
寻常一样窗前月，
才有梅花便不同。

◎杜耒，字子野，号小山。南宋诗人。

◎冬夜来客，煮茶当酒，促膝长谈。今夜有你，不负梅香。

# ◎寄人·其一

[唐] 张泌bi

别梦依依到谢家，
小廊回合曲阑斜。
多情只有春庭月，
犹为离人照落花。

◎张泌，字子澄。唐末重要作家，其词用字工练，章法巧妙，是花间派的代表人物之一。

◎往事如烟，魂牵梦萦，梦里难觅所爱之人。庭中花月，只留我孤身一人独自徘徊。

# ◎定西番·汉使昔年离别

【唐】温庭筠

汉使昔年离别。
攀弱柳，折寒梅，上高台。
千里玉关春雪，雁来人不来。
羌笛一声愁绝，月徘徊。

◎一别经年，当初折梅、赠柳，上高台送你千里赴任。而今春来雁回，仍不见你的身影。

## ◎送柴侍御

［唐］王昌龄

◦沅水通波接武冈，
送君不觉有离伤。
青山一道同云雨，
明月何曾是两乡？

◎王昌龄，字少伯。盛唐著名边塞诗人，其诗以七绝见长。

◎沅水：一作“流水”。

◎即使天涯隔两端，你也要记得，清风明月、星辰大海皆与你我同在，我们的友情亘古不变。

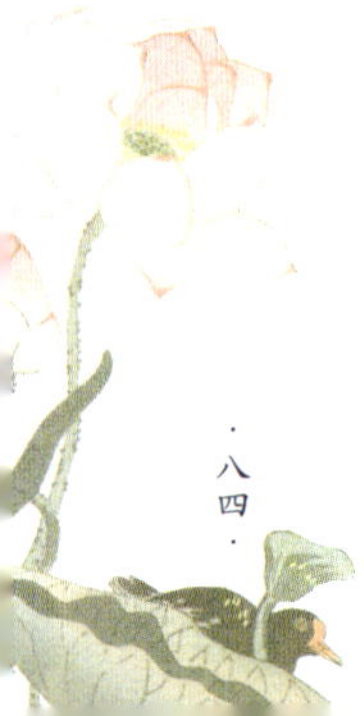

# ◎子夜吴歌·秋歌

〔唐〕李白

长安一片月，万户捣衣声。
秋风吹不尽，总是玉关情。
何日平胡虏，良人罢远征？

◎今夜明月皎皎，我踏着月色望穿秋水。长安城月朗风清，风送砧声，声声送去我对远在边关的你深深的思念。

## ◎好事近·七月十三日夜登万花川谷望月作

〔宋〕杨万里

月未到诚斋，先到万花川谷。
不是诚斋无月，隔一林修竹。
如今才是十三夜，月色已如玉。
未是秋光奇绝，看十五十六。

◎杨万里，字廷秀，号诚斋。南宋文学家，“南宋四大家”之一。诗词多描写自然景物，创造了语言浅显易懂、活泼自然的“诚斋体”。

◎月夜独行花谷间，月色如玉。此时的月还不是最美的，等到十五、十六，那时的月才是最好的。

# ◎马诗二十三首·其五

［唐］李贺

大漠沙如雪，
燕山月似钩。
何当金络脑，
快走踏清秋。

◎李贺，字长吉，有“诗鬼”之称。唐代浪漫主义诗人。

◎号角声响，我的鲜血随之沸腾。我热切渴望横刀执枪，碾踏黄沙，征战四方，这是我毕生的理想！

## ◎绮怀十六首·其十五

［清］黄景仁

几回花下坐吹箫，银汉红墙入望遥。

似此星辰非昨夜，为谁风露立中宵。

缠绵思尽抽残茧，宛转心伤剥后蕉。

三五年时三五月，可怜杯酒不曾消。

◎黄景仁，字汉镛，一字仲则，号鹿菲子，清代诗人。诗负盛名，七言诗极有特色，亦能词。

◎花下：一作“月下”。思：一作“丝”。

◎红尘中，我们相逢，谁是谁永恒的星辰，谁又是谁路过的春山？一眼惊鸿，一世容颜。可风月隔了云烟，我们终在流年中泯灭。我不曾忘记那年那月，只叹我手中的酒无法消除心中的忧愁。

# ◎绝句

【唐】贾岛

海底有明月，
圆于天上轮。
得之一寸光，
可买千里春。

◎贾岛，字浪（阆）仙，唐代诗人。早年出家为僧，号无本。自号“碣石山人”。

◎月是天上月，亦是心中月。宇宙浩渺，人生须臾，且自珍惜。

## ◎绿头鸭·咏月

[宋]晁端礼

晚云收，淡天一片琉璃。烂银盘、来从海底，皓色千里澄辉。莹无尘、素娥淡伫，静可数、丹桂参差。玉露初零，金风未凛，一年无似此佳时。露坐久、疏萤时度，乌鹊正南飞。瑶台冷，栏杆凭暖，欲下迟迟。

念佳人、音尘别后，对此应解相思。最关情、漏声正永，暗断肠、花阴偷移。料得来宵，清光未减，阴晴天气又争知？共凝恋、如今别后，还是隔年期。人强健，清尊素影，长愿相随。

◎晁端礼，一作元礼，字次膺。北宋词人。

◎月下久望，甚是想你。月照离愁花却依旧，城内万盏灯起。执花候你，来人却无一是你。愿你康健，月明花艳，来年月圆，你我再相见。

仙髻擁新妝
趙坦菴詞句
癸巳秋吳湖帆

## ◎忆秦娥·箫声咽

【唐】李白

箫声咽，秦娥梦断秦楼月。
秦楼月，年年柳色，灞陵伤别。
乐游原上清秋节，咸阳古道音尘绝。
音尘绝，西风残照，汉家陵阙。

◎玉箫的声音悲凉呜咽，我的心空空荡荡。那一年你离我而去，从此了无影踪，音信断绝。我站在乐游原上望向你离去的方向，只有萧瑟西风，似血残阳，拂照着汉家陵阙，不见故人。

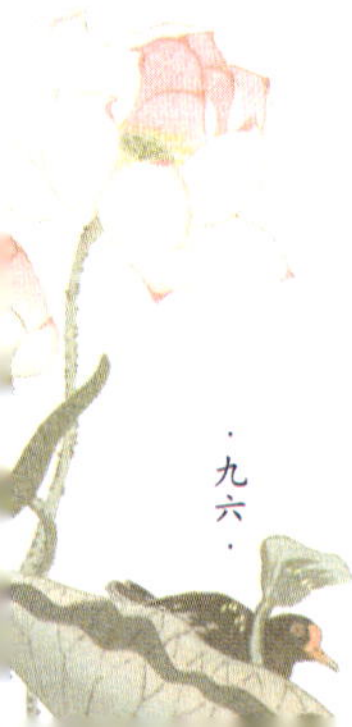

## ◎水调歌头·和马叔度游月波楼

【宋】辛弃疾

客子久不到，好景为君留。
西楼著意吟赏，何必问更筹？
唤起一天明月，照我满怀冰雪，
浩荡百川流。
鲸饮未吞海，剑气已横秋。

野光浮，天宇迥，物华幽。
中州遗恨，不知今夜几人愁？
谁念英雄老矣？
不道功名蕞尔，决策尚悠悠。
此事费分说，来日且扶头！

◎明月在天，照我浩荡胸襟，豪气纵生，剑耀清秋。暮山白首，英雄苍颜华发，谁见赤诚之心？

# 望月怀远

[唐] 张九龄

海上生明月，天涯共此时。
情人怨遥夜，竟夕起相思。
灭烛怜光满，披衣觉露滋。
不堪盈手赠，还寝梦佳期。

◎张九龄，字子寿，一名博物。唐代名相，诗人。

◎《望月怀远》：一作《望月怀古》。

◎月满中庭，离人长立望青冥。风过轩窗，撩动薄衫贮清寒。夜露寒凉，却不及衾枕孤寂。就这样睡吧。

## ◎望江南·江南月

【宋】王琪

江南月，清夜满西楼。
云落开时冰吐鉴，浪花深处玉沉钩。
圆缺几时休。
星汉迥，风露入新秋。
丹桂不知摇落恨，素娥应信别离愁。
天上共悠悠。

◎王琪，字君玉，北宋政治家、文学家。著有《谪仙长短句》。

◎别离滋味浓如酒，月满西楼。阴晴圆缺月月如旧，却望不见思人。

# ◎望洞庭

［唐］刘禹锡

湖光秋月两相和，
潭面无风镜未磨。
遥望洞庭山水色，
白银盘里一青螺。

◎刘禹锡，字梦得。唐代大臣、文学家、哲学家，其诗清新通俗，善用比兴手法寄托政治内容。

◎山水色：一作“山水翠”。

◎我感慨造物主的伟大，惊叹于这自然的清美。这秋月下的洞庭湖宛如一件工艺品，给人以莫大的享受。

## ◎无题

【唐】李商隐

相见时难别亦难，东风无力百花残。
春蚕到死丝方尽，蜡炬成灰泪始干。
晓镜但愁云鬓改，夜吟应觉月光寒。
蓬山此去无多路，青鸟殷勤为探看。

◎入梦的带不走，酒醒后看不透。一眼万年，徒留谁茕茕的身影？一纸春秋，放不下的执念随水而逝。

## ◎相见欢·无言独上西楼

【五代】李煜

无言独上西楼，月如钩。
寂寞梧桐深院锁清秋。
剪不断，理还乱，是离愁。
别是一般滋味在心头。

◎别是：一作“别有”。一般：一作“一番”。

◎望不穿的，是处处隐匿的命运暗影；猜不透的，是墨色瞳孔中不断变幻的天地乾坤。那悠悠愁绪缠绕心头，剪也剪不断，理也理不清。

## ◎木兰花慢·可怜今夕月

【宋】辛弃疾

中秋饮酒将旦，客谓前人诗词有赋待月，无送月者，因用《天问》体赋。

可怜今夕月，向何处，去悠悠？
是别有人间，那边才见，光影东头？
是天外空汗漫，但长风浩浩送中秋？
飞镜无根谁系，姮娥不嫁谁留？

谓经海底问无由，恍惚使人愁。
怕万里长鲸，纵横触破，玉殿琼楼。
虾蟆故堪浴水，问云何玉兔解沉浮？
若道都齐无恙，云何渐渐如钩？

◎《天问》体：《天问》是《楚辞》篇名，屈原作，文中向"天"提出了一百七十多个问题，用《天问》体即用《天问》的体式作词。

◎神秘幽古，月亮的奥秘隐藏在亘古沉静中，而往往，愈是沉静，愈会有巨大的力量无息地运行。宇宙生命的奥秘，我们人类能够破解吗？

# ◎春夜

【宋】苏轼

春宵一刻值千金，
花有清香月有阴。
歌管楼台声寂寂，
秋千院落夜沉沉。

◎春天的夜晚十分宝贵，花开月醉人，光阴似水流。繁华落尽时，莫叹，莫惜。

## ◎春江花月夜

〔唐〕张若虚

春江潮水连海平，海上明月共潮生。

滟滟随波千万里，何处春江无月明？

江流宛转绕芳甸，月照花林皆似霰(xiàn)。

空里流霜不觉飞，汀上白沙看不见。

江天一色无纤尘，皎皎空中孤月轮。

江畔何人初见月？江月何年初照人？

人生代代无穷已，江月年年只相似。
不知江月待何人，但见长江送流水。
白云一片去悠悠，青枫浦上不胜愁。
谁家今夜扁舟子？何处相思明月楼？

可怜楼上月徘徊，应照离人妆镜台。
玉户帘中卷不去，捣衣砧(zhēn)上拂还来。
此时相望不相闻，愿逐月华流照君。
鸿雁长飞光不度，鱼龙潜跃水成文。

昨夜闲潭梦落花，可怜春半不还家。

江水流春去欲尽，江潭落月复西斜（xiá）。

斜月沉沉藏海雾，碣（jié）石潇湘无限路。

不知乘月几人归？落月摇情满江树。

◎张若虚，唐代诗人。一生仅留下两首诗的他，因本诗而被誉赞“孤篇横绝，竟为大家”。

◎只相似：一作“望相似”。落月：一作“落花”。

◎宇宙恒静，日月星辰不变；流年易逝，几许白发替朱颜。日月既往，不可复追；沧海桑田，人心易变。

## ◎明月何皎皎

《古诗十九首》

明月何皎皎，照我罗床帏。
忧愁不能寐，揽衣起徘徊。
客行虽云乐，不如早旋归。
出户独彷徨，愁思当告谁？
引领还入房，泪下沾裳衣。

◎《古诗十九首》是中国古代文人五言诗选辑，由南朝萧统从传世无名氏古诗中选录十九首编入《文选》而成。

◎平生别去隔山水，相思难掩独彷徨。眺望远方难自禁，明月随我入厢房。

## ◎赠少年

【唐】温庭筠

江海相逢客恨多，
秋风叶下洞庭波。
酒酣夜别淮阴市，
月照高楼一曲歌。

◎江湖相逢，恰在秋风萧瑟时；豪酒将尽，剩却楼头明月。荣枯得失，但随天意；肝肠气骨，不坠青云志，不磨英发气，不负万丈才！

# ◎长相思·其二

【唐】李白

日色欲尽花含烟，月明欲素愁不眠。
赵瑟初停凤凰柱，蜀琴欲奏鸳鸯弦。
此曲有意无人传，愿随春风寄燕然。
忆君迢迢隔青天。
昔时横波目，今作流泪泉。
不信妾肠断，归来看取明镜前。

◎欲素：一作“如素”。肠断：一作“断肠”。

◎月下相思望，望不穿离恨天、灌愁海。相思泪下，镜中愁妆，转眼青丝变白发，仍不见良人归。

## ◎采桑子·谢家庭院残更立

【清】纳兰性德

谢家庭院残更立，燕宿雕梁。
月度银墙，不辨花丛那辨香。
此情已自成追忆，零落鸳鸯。
雨歇微凉，十一年前梦一场。

◎夜过残更，花间月下，曾有双燕回。而今两处相思，唯剩残梦一场，空追忆，当年明月。

## ◎采桑子·恨君不似江楼月

【宋】吕本中

恨君不似江楼月，南北东西。
南北东西，只有相随无别离。
恨君却似江楼月，暂满还亏。
暂满还亏，待得团圆是几时。

◎吕本中，字居仁，世称东莱先生。宋代诗人、词人，诗属江西派。

◎五更三四点，点点生愁；一日十二时，时时寄恨。一回头，你于霞边浅笑，一伸手，恍若泡影破碎，化烟，化风，从指间流逝。

## ◎采莲令·月华收

[宋] 柳永

月华收，云淡霜天曙。四征客、
此时情苦。翠娥执手送临歧，
轧轧开朱户。千娇面、盈盈伫立，
无言有泪，断肠争忍回顾。

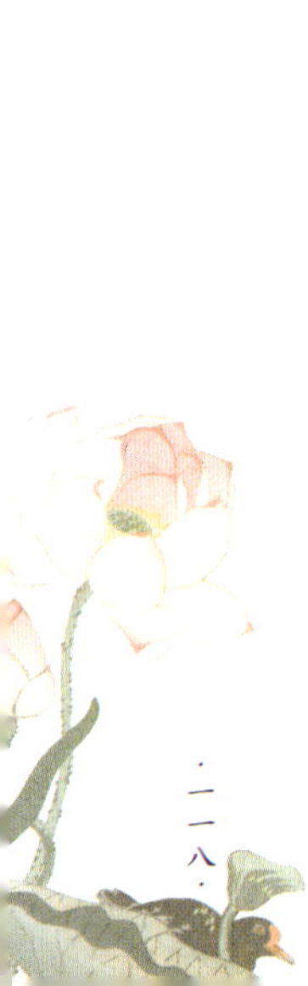

一叶兰舟，便恁急桨凌波去。
贪行色、岂知离绪。
万般方寸，但饮恨，脉脉同谁语。
更回首、重城不见，
寒江天外，隐隐两三烟树。

◎柳永，原名三变，字景庄，后改名柳永，字耆卿，因排行第七，又称柳七。北宋词人，婉约派代表人物。

◎四征客：一作“西征客”。

◎月隐星灭，身与篷舟随波去。风送轻舟已过千里，风去霜满地。痴望江上，何时再相见？

# ◎月

【唐】李商隐

池上与桥边，难忘复可怜。
帘开最明夜，簟卷已凉天。
流处水花急，吐时云叶鲜。
姮娥无粉黛，只是逞婵娟。

◎芙蓉的娇、莲荷的媚、秋菊的淡雅，都不及她的美。人人只道月中女神“千秋无绝色”，却不知广寒寂寞，她早已无心梳妆。

## ◎月下独酌·其一

［唐］李白

花间一壶酒，独酌无相亲。
举杯邀明月，对影成三人。
月既不解饮，影徒随我身。
暂伴月将影，行乐须及春。

我歌月徘徊，我舞影零乱。
醒时同交欢◎，醉后各分散。
永结无情游，相期邈云汉。

◎同交欢：一作“相交欢”。

◎大地旷寂，我与清风草木同醉，与日月星辰同眠。我醉酒，我长歌，我大笑，我狂舞，早已分不清月影、人影、花影与云影，愿清醒时我们共同欢乐，酒醉后各奔东西。

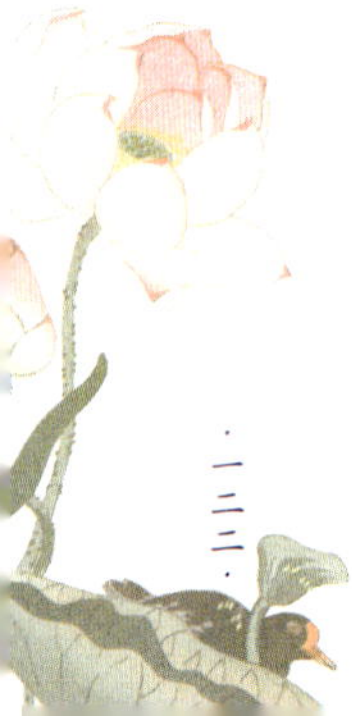

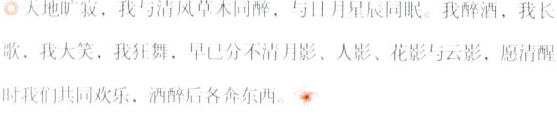

## ◎月夜

〔唐〕刘方平

更深月色半人家，
北斗阑干南斗斜。
今夜偏知春气暖，
虫声新透绿窗纱。

◎刘方平，唐代诗人。工诗，善画山水。其诗善寓情于景，意蕴无穷。

◎《月夜》：一作《夜月》。

◎墙里不知春色，只得与好梦相伴。月透轩窗，春虫唧唧，隔日便是桃花深红映浅红。

## ◎月夜

［唐］杜甫

今夜鄜州月，闺中只独看。
遥怜小儿女，未解忆长安。
香雾云鬟湿，清辉玉臂寒。
何时倚虚幌，双照泪痕干？

◎杜甫，字子美，自号少陵野老，唐代现实主义诗人。后世称其杜拾遗、杜工部，也称他杜少陵、杜草堂。

◎月光清冷，凝结了长安的夜色，连浮云也带不走我眼中的离愁。遥思儿女与妻，不知何时能相见，唯有相思寄明月。

## ◎月

【宋】李商隐

过水穿楼触处明，
藏人带树远含清。
初生欲缺虚惆怅，
未必圆时即有情。

◎我这一生，拼了命地奔跑，只为了追逐那一点点的萤火之光。看尽寒暑春秋来回转变，却踏碎了清梦一场。温暖于我，仍在远方。

## ◎旅夜书怀

【唐】杜甫

细草微风岸，危樯独夜舟。
星垂平野阔，月涌大江流。
名岂文章著？官应老病休。
飘飘何所似？天地一沙鸥。

◎天地辽阔，我曾以山水为弦，一曲奏尽流年。曲未终弦却断，唯余空音绕明月。余音湮灭，草木皆非。狂风海涛，扁舟一叶，起伏跌宕无所依。

# ◎点绛唇·咏梅月

［宋］陈亮

一夜相思，水边清浅横枝瘦。
小窗如昼，情共香俱透。
清入梦魂，千里人长久。君知否？
雨僝(chán)云僽(zhòu)，格调还依旧。

◎陈亮，原名汝能，后改名陈亮，字同甫，号龙川，人称龙川先生。南宋思想家、文学家。

◎相识满天下，知音有几人？与你相逢，似朗月清风，似梅香盈怀，似风穿竹林。待到江南杨柳弄春柔时，我们把酒临风，不问归期。

## ◎燕歌行·其一

【三国】曹丕

秋风萧瑟天气凉，草木摇落露为霜，

群燕辞归雁南翔。念君客游多思肠，

慊慊思归恋故乡，君何淹留寄他方？

贱妾茕茕守空房，忧来思君不可忘，

不觉泪下沾衣裳。

援琴鸣弦发清商，短歌微吟不能长。
明月皎皎照我床，星汉西流夜未央。
牵牛织女遥相望，尔独何辜限河梁！

◎曹丕，字子桓，著名的政治家、文学家。曹魏的开国皇帝，与其父曹操和弟曹植，并称“建安三曹”。

◎“君何”句：一作“何为淹留寄他方”。

◎弯弯的月亮下，谁家的姑娘在等她的少年郎？一袭红装，愁思不断，落地成霜。良人啊，你在何方？

## ◎车遥遥篇

[宋] 范成大

车遥遥，马憧憧，
君游东山东复东，安得奋飞逐西风。
愿我如星君如月，夜夜流光相皎洁。
月暂晦，星常明，
留明待月复，三五共盈盈。

◎范成大，字致能，号称石湖居士。南宋名臣、文学家。

◎星与月，遥相对，夜夜百转千回。多希望你是月，我是星，在那十五月圆盈满时，你我星月辉映，珠联璧合。

## ◎玉蝴蝶·望处雨收云断

[宋]柳永

望处雨收云断，凭阑悄悄，目送秋光。
晚景萧疏，堪动宋玉悲凉。
水风轻、蘋花渐老；月露冷、梧叶飘黄。
遣情伤，故人何在？烟水茫茫。

难忘。文期酒会，几孤风月，屡变星霜。
海阔山遥，未知何处是潇湘？
念双燕、难凭音信；指暮天、空识归航。
黯相望，断鸿声里，立尽斜阳。

◎梧桐萧瑟，风尘满面。从来故人难寻觅，山河远阔，望断天涯。

## ◎生查子·元夕

［宋］欧阳修

去年元夜时，花市灯如昼。
月上柳梢头，人约黄昏后。
今年元夜时，月与灯依旧。
不见去年人，泪湿春衫袖。

◎欧阳修，字永叔，号醉翁，晚号六一居士。北宋政治家、文学家、唐宋八大家之一。

◎月上：一作“月到”。湿：一作“满”。

◎去年元夜，你着杏衣桃裙，那嫣然一笑落在了我的心上。又一载，只听闻，他人清唱。火树银花终散落，空留痴心回荡，怅！怅！怅！

## ◎生查子·新月曲如眉

〔五代〕牛希济

新月曲如眉，未有团圞（luán）意。
红豆不堪看，满眼相思泪。
终日劈桃穰，人在心儿里。
两朵隔墙花，早晚成连理。

◎牛希济，五代词人。以词著名，今存其词14首，收于《花间集》及《唐五代词》。

◎这新月弯弯，没有圆的意思。看着手中这颗相思豆，不禁泪流满面。只愿你我有情人终成眷属。

## ◎石州慢·寒水依痕

〔宋〕张元幹

寒水依痕，春意渐回，沙际烟阔。
溪梅晴照生香，冷蕊数枝争发。
天涯旧恨，试看几许消魂？
长亭门外山重叠。
不尽眼中青，是愁来时节。

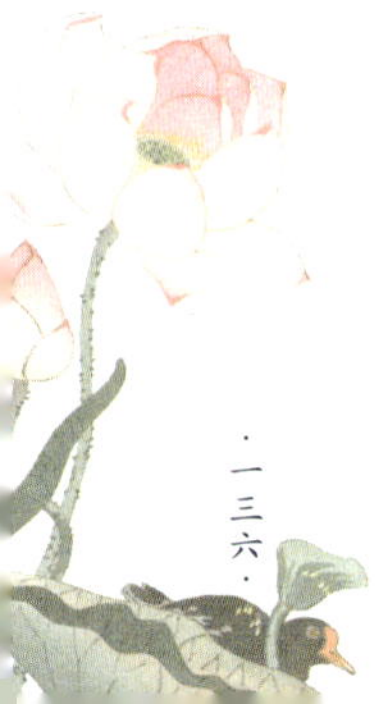

情切。
画楼深闭，想见东风，暗消肌雪。
孤负枕前云雨，尊前花月。
心期切处，更有多少凄凉，
殷勤留与归时说。
到得再相逢，恰经年离别。

◎张元幹，字仲宗，号芦川居士、真隐山人，晚年自称芦川老隐。南宋词人。

◎春意渐临，惆怅人在天涯。愁云频压眉间，相思两处隔断。盼归，相见又是经年。

## ◎秋宵月下有怀

【唐】孟浩然

秋空明月悬，光彩露沾湿。
惊鹊栖未定，飞萤卷帘入。
庭槐寒影疏，邻杵夜声急。
佳期旷何许，望望空伫立。

◎孟浩然，名浩，字浩然，号孟山人，唐代山水田园派诗人。

◎明月悬空，庭中疏影独徘徊。佳期不定，心中愁苦无人诉。

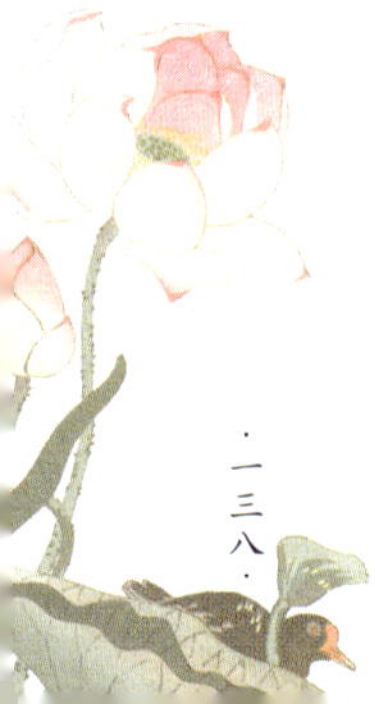

## ◎秋波媚·其一

【宋】陆游

七月十六日晚，登高兴亭，望长安南山。

秋到边城角声哀，烽火照高台。
悲歌击筑，凭高酹酒，此兴悠哉！
多情谁似南山月，特地暮云开。
灞桥烟柳，曲江池馆，应待人来。

◎陆游，字务观，号放翁，南宋文学家、史学家、爱国诗人。

◎山川风月，尽是吾念。目之所及，当是吾土。鼓角齐鸣，吾血沸腾。

# ◎鹧鸪天·小玉楼中月上时

［宋］晏几道

小玉楼中月上时，夜来惟许月华知。
重帘有意藏私语，双烛无端恼暗期。
伤别易，恨欢迟，归来何处验相思。
沈郎春雪愁消臂，谢女香膏懒画眉。

◎月下高楼望相思，忆过往，懒梳妆。若非曾经那般情长，此刻如何幽咽唱？

# 鹧鸪天·彩袖殷勤捧玉钟

〔宋〕晏几道

彩袖殷勤捧玉钟，当年拚pàn却醉颜红。
舞低杨柳楼心月，歌尽桃花扇影风。
从别后，忆相逢。几回魂梦与君同。
今宵剩把银釭gāng照，犹恐相逢是梦中。

那一年，与你初见，春衫罗裙便映在了我眼底。风花雪月一相逢，倏忽便是离别，从此望尽天涯路。盼再逢，相思入骨，念你如初，不忍惊醒今夜梦。

## ◎鹧鸪天·雪照山城玉指寒

【宋】刘著

雪照山城玉指寒，一声羌管怨楼间。
江南几度梅花发，人在天涯鬓已斑。
星点点，月团团。倒流河汉入杯盘。
翰林风月三千首，寄与吴姬忍泪看。

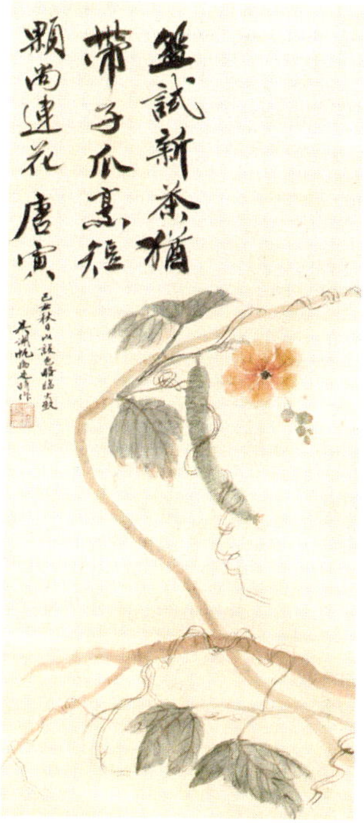

◎刘著，字鹏南，号玉照老人。词风清疏，别具一格。词仅存一首。

◎楼间：一作“楼闲”，空楼的意思。

◎雪落山城天地寒，江南梅香如故，只是离人鬓已斑。羌笛声破，相思寄予你。

## ◎鹧鸪天·吹破残烟入夜风

【宋】柳永

吹破残烟入夜风。一轩明月上帘栊。
因惊路远人还远，纵得心同寝未同。
情脉脉，意忡忡。碧云归去认无踪。
只应曾◎向前生里，爱把鸳鸯两处笼。

◎曾：一作“会”。

◎夜风吹过，感觉微凉。前尘往事，情意绵绵。直到身影幻灭，方知是大梦一场。

# ◎端居

【唐】李商隐

远书归梦两悠悠，
只有空床敌素秋。
阶下青苔与红树，
雨中寥落月中愁。

◎孤灯夜雨，卧听骤雨打寒窗，更觉凄凉。家书不得，颠沛流离，归梦无期，乡愁磨人。

## ◎登快阁

【宋】黄庭坚

痴儿了却公家事，快阁东西倚晚晴。
落木千山天远大，澄江一道月分明。
朱弦已为往人绝，青眼聊因美酒横。
万里归船弄长笛，此心吾与白鸥盟。

◎黄庭坚，字鲁直，号山谷道人，晚号涪翁。北宋文学家、书法家，江西诗派开山之祖。

◎凡务琐碎，纵使心中思绪万千，也无法言语，暂且饮酒吧。面对眼前的烟波浩渺，我的心仿佛飞入了空旷的天际，和白鸥清风一起自由翱翔。

## ◎短歌行

【汉】曹操

对酒当歌，人生几何！譬如朝露，去日苦多。
慨当以慷，忧思难忘。何以解忧？唯有杜康。
青青子衿，悠悠我心。但为君故，沉吟至今。
呦呦鹿鸣，食野之苹。我有嘉宾，鼓瑟吹笙。

明明如月，何时可掇？忧从中来，不可断绝。

越陌度阡，枉用相存。契阔谈讌，心念旧恩。

月明星稀，乌鹊南飞。绕树三匝，何枝可依？

山不厌高，海不厌深。周公吐哺，天下归心。

◎人生短暂，宛如朝露，岁月在不经意间已流失殆尽。皓月当空，我却忧思难眠，心中的抱负，何时才能实现？我渴慕贤才的相助，让我大展宏图！

## ◎西江月·夜行黄沙道中

【宋】辛弃疾

明月别枝惊鹊，清风半夜鸣蝉。
稻花香里说丰年，听取蛙声一片。
七八个星天外，两三点雨山前。
旧时茅店社林边，路转溪桥忽见。

◎溪桥：一作“溪头”。

◎月夜无声，我深深地呼吸着这沁人的稻花清香。多少年，金戈铁马，朝堂金樽，终不抵此刻的岁月温柔。

## ◎西江月·黄州中秋

[宋] 苏轼

世事一场大梦，人生几度◎新凉。
夜来风叶已鸣廊，看取眉头鬓上。
酒贱常愁客少，月明多被云妨。
中秋谁与共孤光，把盏凄然北望。

◎新凉：一作“秋凉”。

◎人生如梦一场空，千秋岁月，天涯尽头使人愁，凌云壮志终白头。

# ◎西江月·顷在黄州

【宋】苏轼

顷在黄州，春夜行蕲水中，过酒家饮。酒醉，乘月至一溪桥上，解鞍，曲肱醉卧少休。及觉已晓，乱山攒拥，流水锵然，疑非尘世也。书此语桥柱上。

照野弥弥浅浪，横空隐隐层霄。
障泥未解玉骢骄，我欲醉眠芳草。
可惜一溪风月，莫教踏碎琼瑶。
解鞍欹枕绿杨桥，杜宇一声春晓。

◎如今醉了便醉了，弄月放歌，花前散衫，星辰在天，月光照地，石上欲眠。浮名莫恋，无非泡影，且寻乐事到天明。

# ◎虞美人·玉楼缥缈孤烟际

【宋】欧阳澈

玉楼缥缈孤烟际，徒倚愁如醉。

雁来人远暗消魂，帘卷一钩新月、怯黄昏。

那人音信全无个，幽恨谁凭破。

扑花蝴蝶若知人。为我一场清梦、去相亲。

◎欧阳澈，字德明，宋代人。性尚气节，敢于直言，虽身为布衣，却以国事为己任。

◎夜登小楼，酒入愁肠，花落青丝旁。蝴蝶扑花，搅乱心绪一夜愁。

## ◎虞美人·春愁

【宋】陈亮

东风荡飏(yáng)轻云缕，时送萧萧雨。

水边台榭燕新归，一口香泥、湿带落花飞。

海棠糁径铺香绣，依旧成春瘦。

黄昏庭院柳啼鸦，记得那人和月折梨花。

◎杏雨梨云桃如烟，犹记得，当年月下梨涡笑，发香绕心。转眼梦境皆成空，落花满径雨纷纷。

## ◎虞美人·曲阑深处重相见

[清] 纳兰性德

曲阑深处重相见，匀泪偎人颤。
凄凉别后两应同，最是不胜清怨月明中。
半生已分孤眠过，山枕檀痕涴wò。
忆来何事最销魂。第一折枝花样画罗裙。

◎涴：浸渍、染上。

◎犹记得，花荫深处，你一身月白罗裙，仿佛江南春水漾梨花，在我的心上缓缓绽开。而今每逢月圆，便因不能与你团圆而伤心。

## ◎蝶恋花·槛菊愁烟兰泣露

【宋】晏殊

槛菊愁烟兰泣露。罗幕轻寒，燕子双飞去。
明月不谙离恨苦，斜光到晓穿朱户。
昨夜西风凋碧树。独上高楼，望尽天涯路。
欲寄彩笺兼尺素，山长水阔知何处？

◎双飞去：一作“双来去”。离恨苦：一作“离别苦”。

◎秋风吹落叶，心中愁苦无人诉，独上高楼。离别苦，苦离别，饮不尽悲欢，空悲叹。

## ◎蝶恋花·辛苦最怜天上月

【清】纳兰性德

辛苦最怜天上月。一昔如环，昔昔都成玦。
若似月轮终皎洁，不辞冰雪为卿热。
无那尘缘容易绝。燕子依然，软踏帘钩说。
唱罢秋坟愁未歇，春丛认取双栖蝶。

◎一地冷月光，孤影渐斜长。尘世纷扰我不愿去想，只想和你一生一世一双人。

## ◎蝶恋花·旅月怀人

【清】宋琬

月去疏帘才数尺。乌鹊惊飞，一片伤心白。
万里故人关塞隔，南楼谁弄梅花笛？
蟋蟀灯前欺病客。清影徘徊，欲睡何由得。
墙角芭蕉风瑟瑟，亏伊遮掩窗儿黑。

◎宋琬，字玉叔，号荔裳。清初著名诗人，清八大诗家之一。

◎看尽半生流离，起起落落，故土难觅，故人难寻。深夜无眠，独自徘徊，顾影自怜。

## ◎蝶恋花·上巳召亲族

［宋］李清照

永夜恹恹欢意少。空梦长安，认取长安道。
为报今年春色好。花光月影宜相照。
随意杯盘虽草草。酒美梅酸，恰称人怀抱。
醉里插花花莫笑。可怜春似人将老。

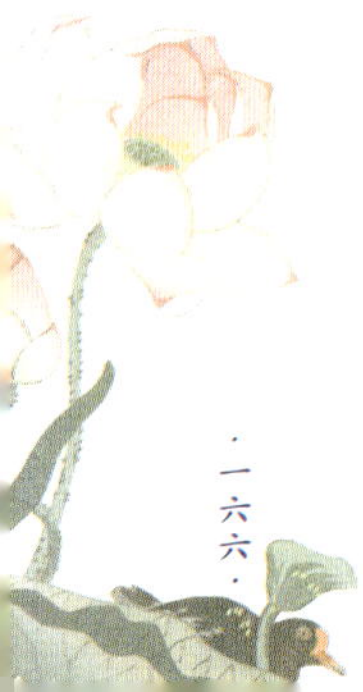

◎岁月无声，催谢年华。午夜梦回，故园巷陌，历历在目。可恨！可叹！可怅！家园故土，难再回。

## ◎蝶恋花·面旋落花风荡漾

［宋］欧阳修

面旋落花风荡漾，柳重烟深，雪絮飞来往。
雨后轻寒犹未放，春愁酒病成惆怅。
枕畔屏山围碧浪，翠被华灯，夜夜空相向。
寂寞起来褰qiān绣幌，月明正在梨花上。

◎搴：撩起。

◎泛着凉意的月光，牵着我长长的影子。落花流云，勾起万千回忆，我心微凉。

## ◎蝶恋花·几许伤春春复暮

［宋］贺铸

几许伤春春复暮。杨柳清阴，偏碍游丝度。
天际小山桃叶步。白蘋花满湔裙处。
竟日微吟长短句。帘影灯昏，心寄胡琴语。
数点雨声风约住。朦胧淡月云来去。

◎贺铸，字方回，号庆湖遗老，北宋词人。尤善写词，风格多样。

◎又是一年暮春时，烟雨漫天。仍是当年桃花渡口处，物是人非，泪落琴弦。相思入骨，荒了流年。

## ◎蝶恋花·早行

〔宋〕周邦彦

月皎惊乌栖不定。更漏将残，辘轳牵金井。
唤起两眸清炯炯，泪花落枕红棉冷。
执手霜风吹鬓影。去意徊徨，别语愁难听。
楼上阑干横斗柄，露寒人远鸡相应。

◎周邦彦，字美成，号清真居士，北宋词人。其词格律严谨，语言精雅，是婉约词之集大成者。

◎你泪如雨下，凄美了今晨的离别；风吹发动，吹成了天涯流散。瞻云望月，无非凄怆之声；执手相望，尽是断魂之音。

## ◎自菩提步月归广化寺

【宋】欧阳修

春岩瀑泉响，
夜久山已寂。
明月净松林，
千峰同一色。

◎眼观山月松泉，烟云渺渺；耳闻山寺箫管声飘云外，身与心皆舒畅。

## ◎自河南经乱，关内阻饥，兄弟离散，各在一处。因望月有感，聊书所怀。寄上浮梁大兄、于潜七兄、乌江十五兄，兼示符离及下邽弟妹

〔唐〕白居易

时难年饥世业空，弟兄羁旅各西东。
田园寥落干戈后，骨肉流离道路中。
吊影分为千里雁，辞根散作九秋蓬。
共看明月应垂泪，一夜乡心五处同。

◎年饥：一作“年荒”。

◎夜微凉，灯阑珊，满腔心事只能向明月倾诉。把酒问天，一杯寄流年，一杯敬明天，何时才能人团圆？

## ◎舟夜书所见

【清】查慎行

月黑见渔灯，
孤光一点萤。
微微风簇浪，
散作满河星。

◎查慎行，字悔余，号他山，清代诗人。“清初六家”之一，性喜作诗，游览之处，皆有吟咏。

◎夜黑不见月，只见一渔灯。满船清梦泛星河，梦里不知身是客。

## ◎酬二十八秀才见寄

［唐］郎士元

昨夜山月好，故人果相思。
清光到枕上，袅袅凉风时。
永意能在我，惜无携手期。

◎郎士元，字君胄，唐代诗人。诗多酬赠之作，著有《郎士元集》。

◎今夜月色甚美，不知不觉想起千里之外的你。月色撩人难入眠，不知何时才能再与你相见？

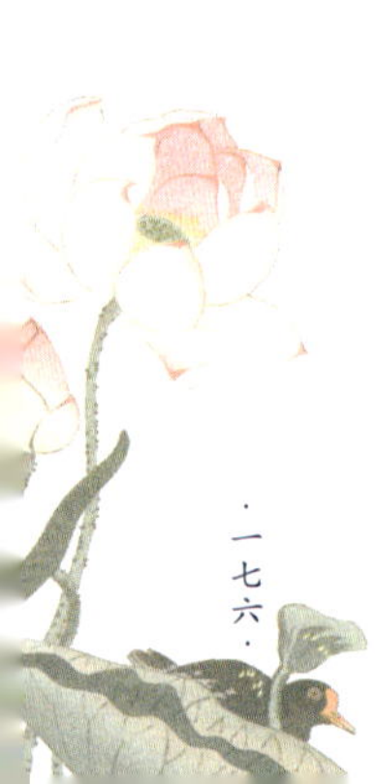

## ◎醉落魄·栖乌飞绝

【宋】范成大

栖乌飞绝，绛河绿雾星明灭。
烧香曳簟眠清樾。
花影吹笙，满地淡黄月。
好风碎竹声如雪，昭华三弄临风咽。
鬓丝撩乱纶巾折。
凉满北窗，休共软红说。

◎余生山河远阔，红尘无恙，随心所向。

## ◎青门引·春思

[宋] 张先

乍暖还轻冷。风雨晚来方定。
庭轩寂寞近清明，残花中酒，又是去年病。
楼头画角风吹醒。入夜重门静。
那堪更被明月，隔墙送过秋千影。

◎独立庭轩，风微定，雨微凉，月光凝结成霜。杏花随风落入碗中，我饮下无限苍茫。

## ◎霜月

［唐］李商隐

初闻征雁已无蝉，
百尺楼南水接天。
青女素娥俱耐冷，
月中霜里斗婵娟。

◎眼含春水，香腮如雪，云鬓浸墨，烟纱曳地，环佩微颤，终只能旁观人间上演的悲欢离合。月华宫内，甚是寂寞啊！

世事一场大梦，人生几度新凉。
夜来风叶已鸣廊，看取眉头鬓上。
酒贱常愁客少，月明多被云妨。
中秋谁与共孤光，把盏凄然北望。

◎西江月·黄州中秋

[宋] 苏轼

月

# ◎寄扬州韩绰判官

［唐］杜牧

青山隐隐水迢迢，
秋尽江南草未凋。
二十四桥明月夜，
玉人何处教吹箫？

◎霜月

【唐】李商隐

初闻征雁已无蝉，
百尺楼南水接天。
青女素娥俱耐冷，
月中霜里斗婵娟。

清

◎舟夜书所见

【清】查慎行

月黑见渔灯，
孤光一点萤。
微微风簇浪，
散作满河星。

壬寅夏月
吳湖帆寫